GISELDA LAPORTA NICOLELIS

a voz do silêncio

DIÁLOGO

ilustrações
Lúcia Brandão

editora scipione

Gerente editorial
Sâmia Rios
Editor
Adilson Miguel
Editora assistente
Fabiana Mioto
Revisoras
Ana Carolina Nitto,
Bruna Beber, Gislene de Oliveira e
Lilian Ribeiro de Oliveira
Editora de arte
Marisa Iniesta Martin
Programação visual de capa e miolo
Rex Design
Diagramadora
Carla Almeida Freire

Avenida das Nações Unidas, 7.221 – Pinheiros
CEP 05425-902 – São Paulo – SP
www.coletivoleitor.com.br

Tel.: (0xx11) 4003-3061
atendimento@aticascipione.com.br

2025
ISBN 978-85-262-7974-2 – AL

CL: 737229
CAE: 260433

2.ª EDIÇÃO
10.ª impressão

Impressão e acabamento
Forma Certa Gráfica Digital

Conforme a nova ortografia da língua portuguesa.

Dados Internacionais de Catalogação na Publicação (CIP)
(Câmara Brasileira do Livro, SP, Brasil)

Nicolelis, Giselda Laporta

A voz do silêncio / Giselda Laporta Nicolelis; ilustrações de Lúcia Brandão. – 2. ed. – São Paulo: Scipione, 2010. (Série Diálogo)

1. Literatura infantojuvenil I. Brandão, Lúcia. II. Título. III. Série.

10-08850 CDD-028.5

Índices para catálogo sistemático:
1. Literatura infantojuvenil 028.5
2. Literatura juvenil 028.5

Para
Pedro Bloch

SUMÁRIO

Introdução

Todos os seres humanos nascem livres e iguais em dignidade e direitos. São dotados de razão e consciência e devem agir em relação uns aos outros com espírito de fraternidade.

Declaração Universal
dos Direitos Humanos (1948). Artigo 1º.

É preciso ajudar.
Porém primeiro,
para poder fazer o necessário,
é preciso ajudar-me agora mesmo,
a ser capaz de amor, de ser um homem.
Eu que também me sei ferido e só,
mas que conheço este animal sonoro
que profundo e feroz reina em meu peito.

Vento geral, de Thiago de Mello.

Capítulo primeiro

A garota se esconde como um animalzinho arisco atrás da saia da mãe.

– Como é seu nome? – pergunta Samara.

– Ela não fala. – Rosa, a faxineira, responde com um olhar triste.

– Como assim, não fala?

– Ah, dona Samara, a menina nasceu surda. Tá com seis anos e nunca ouviu um som na vida. Nem a voz da própria mãe!

– Como é o nome dela?

– Nádia.

– Que nome bonito! Você sabia que Nádia quer dizer "esperança"?

A faxineira suspira ainda mais triste:

– Esperança de quê, me diga? Vai crescer como um bicho, sem poder ouvir nada. Que destino mais triste o da minha filha!

– Você já levou a Nádia ao médico? O que ele disse?

– Que médico, dona Samara? A gente vive lá na favela, sem recurso nenhum. O pai dela me largou, eu ainda tava grávida. Tenho mais quatro filhos pra cuidar, de outros pais, que também sumiram por aí e me deixaram sozinha...

– Meu Deus! Ela nunca foi ao médico? – Samara não acredita no que ouve.

– Nunca. Cresceu desse jeito, tá com seis anos. Me dá uma baita tristeza de vê-la assim, mas que é que eu posso fazer? Eu nem sei se ela tá triste ou alegre, parece um bichinho agarrado na minha saia. Não escuta nada, como ia aprender a falar?

– Rosa, a gente precisa fazer alguma coisa por ela.

A garota olha ressabiada, ainda escondida atrás de sua mãe.

– Fazer o quê? A gente mal tem o que comer, eu mais as crianças... E olhe que dou um duro danado, fazendo faxina o dia inteiro.

– Deixe-me pensar um pouco... Olhe, não deixe de vir na quinta-feira, tem mais serviço pra você. Daí a gente bate um papo sobre a menina. Nádia, pegue uma bala...

A garota, sem esboçar reação, pega a bala. E torna a se esconder atrás da saia da mãe, que diz:

– Eu volto na quinta, sim. Se for para o bem da Nádia... Eu também quero fazer alguma coisa, só que sozinha não dá...

– Na quinta a gente resolve. Até lá.

Mãe e filha saem para a tarde ainda ensolarada. "Meu Deus", pensa Samara, "é tão fácil prometer!... O que mais eu poderia fazer?". Como ignorar aquele olhar sofrido, estranho, da menina perdida no seu mundo de silêncio?

Gustavo, o filho de Samara, chega da escola como um terremoto. Atira a pasta sobre o sofá e grita:

– Mãe, tá passando um filme legal no cinema do *shopping*. Posso ir, posso?

A mãe olha o garoto: saudável, falante, enturmado com os colegas de escola e envolvido com o mundo ao seu redor. Como seria se ele tivesse nascido surdo? Ah, ela logo saberia. O pediatra a mandaria rondar o berço onde o menino dormia, fazendo pequenos ruídos para ver a reação do seu bebê... Com certeza ela saberia! Tantas vezes ouvira falar nisso! Quanto mais cedo o diagnóstico de uma surdez, maior a eficácia do tratamento, claro! Ainda mais que ninguém é completamente surdo; dizem que sempre há um restinho de som nos ossos, nos nervos... Além disso, uma criança pode nascer surda, mas não muda. Essa palavra foi até abolida! A fala não chega a se desenvolver apenas porque, não ouvindo os sons, a criança se torna incapaz de reproduzi-los. É lógico!

Mas... e a Rosa? Faxineira, cheia de filhos, pai e mãe ao mesmo tempo e morando numa favela... Essa mulher teria condições de constatar tudo isso na sua penosa luta pela vida? Claro que sim. Hoje em dia, com o rádio e a tevê, até pessoas analfabetas têm acesso à informação. No entanto, com o tipo de vida que ela leva – incluindo as longas horas em ônibus apinhados para ir e voltar do emprego, além dos cuidados que deve ter com a própria casa –, não seria exigir muito? E aquela criança crescendo no vácuo, no silêncio do seu mundo solitário, como se vivesse dentro de uma proveta?

– Tá triste, mãe?

– Ah, meu filho... Estou triste, sim.

– Eu fiz alguma coisa? Não gosto de ver você triste... Foi o papai?

– Que nada, Gustavo, foi uma menina que eu conheci hoje.

– O que ela fez?

– Nada, meu filho. É que ela é surda.

Ele arregala os olhos, surpreso:

– Surda? Quer dizer que ela não ouve... nada? – Gustavo tem dez anos. É filho único, mimado à beça. O que ele sabe das mazelas da vida?

– Isso mesmo, ela não ouve nada e, por isso, também não aprendeu a falar.

– Ela também é muda? – O menino fica cada vez mais surpreso, à medida que seu cérebro processa a informação. "Imagine alguém que não ouve nem fala... que coisa mais triste!", ele pensa. – Pô, mãe, que zica! Quem é ela, eu conheço?

– É a filha da Rosa, a nossa faxineira. Ela se chama Nádia e tem seis anos. Eu só a conheci hoje, e fiquei emocionada.

– Ela já foi ao médico, mãe? Quem sabe tem cura...

– Nunca! Dá pra imaginar uma coisa dessas? Esse é o problema: elas são muito pobres, moram numa favela. A mãe nem sabe por onde começar. Mas eu tive uma ideia: quem sabe se...

– ... a gente a levasse ao médico? – completa Gustavo.

– Pensei em algo mais que isso: a gente podia ficar uns tempos com a Nádia e organizar todo o tratamento dela, o que você acha?

O garoto franze as sobrancelhas e esboça um sorriso murcho:

– Ela aqui, morando com a gente? Ih, mãe, não acho uma boa, não!

– Por que, meu filho? Ela é uma gracinha de menina, podia ser como uma irmã pra você. Eu digo isso porque a Rosa tem falado em voltar para a terra dela, lá no Nordeste. Então ela podia deixar a Nádia por uns tempos com a gente. Com tratamento especializado, ela pode aprender a se comunicar, quem sabe até falar, já imaginou que beleza? Ela não fala porque não ouve, entendeu?

– Você já disse isso. Só que, aqui em casa, eu não quero ela, não!

– Depois a gente conversa melhor sobre isso, tá legal, filhinho?

Hora do jantar. Enquanto Rodrigo, o pai, toma sua sopa, Gustavo dispara:

– Pai, você conhece a Nádia?

O pai pensa por uns instantes, depois brinca:

– Não, filho, por quê? É a sua nova namorada lá da escola?

Samara entra na conversa:

– É a filhinha da Rosa, a nossa faxineira. Imagine, Rodrigo, que a menina tem seis anos, é surda e, em consequência disso, não fala. Nunca foi ao médico na vida. Então eu pensei em orientar o tratamento da garota. É muito triste ver uma pessoa assim, fechada no seu silêncio, com tantos recursos que a medicina tem hoje... Essa menina pode até vir a falar um dia, quem sabe?

– E sabe o que a mãe quer fazer, pai? – continua Gustavo.

– O quê, meu filho?

O garoto então solta a bomba:

– Quer trazer a Nádia pra morar com a gente, porque a mãe dela vai embora pro Nordeste.

Rodrigo até engasga com a sopa. Depois de um acesso de tosse, pergunta, incrédulo:

– Você quer fazer... o quê?

– Lá na roça onde vão morar é que a menina jamais terá tratamento mesmo – explica Samara, fazendo de conta que não percebe o espanto do marido. – Corta o coração ver aquela criança tão desamparada! A gente não podia ficar uns tempos com ela, Rodrigo, só para o tratamento?

Rodrigo procura se manter calmo:

– Que ideia mais absurda, Samara! Já não temos o Gustavo pra cuidar? E, depois, essa menina não é problema nosso, ela tem pai e mãe, não tem? Como dizia minha avó: "quem pariu Mateus que cuide dele!".

– Na realidade, ela só tem mãe – continua Samara, fingindo não ter ouvido a frase final. – O pai sumiu no mundo. Eu gostaria muito de ajudar essa criança a ter um futuro melhor. Além do mais, o Gustavo já está um garotão, sabe se cuidar muito bem. Pense nisso com carinho, tá, Rodrigo?

Mas o marido não se deixa convencer:

– Pra mim isso tudo não passa de uma loucura. E tem mais: você nem sabe se a mãe estaria de acordo em deixar a menina...

– Meu instinto de mulher diz que sim. Que mãe não gostaria de ver a filha curada?

– Você não é médica, Samara – ele agora luta para conter a irritação. – Como pode saber se a garota tem cura? Pelo amor de Deus, você e suas ideias caridosas! Será que já não chega a preocupação com o Gustavo?

– Eu não dou preocupação nenhuma, pai! – o menino entra na conversa, mesmo sem ser chamado.

– Dê um tempo, tá? – Rodrigo levanta-se e vai ver tevê, enquanto Samara pisca o olho para o filho, em cumplicidade.

Nádia, sem sono, vira e revira na cama que reparte com os irmãos. Rosa se achega, passa a mão na testa da filha e constata que ela tem febre.

"Ah, meu Deus!", pensa a mulher. "Nem doente a Nádia consegue pedir ajuda. O que vai ser dessa menina se eu faltar um dia? Se ao menos eu conseguisse uma boa alma para lhe dar uma chance de tratamento... Quem sabe ela ouvia alguma coisa, falava só um pouquinho... A patroa, a dona Samara, é uma boa moça e, além disso, professora. Tinha um olhar de interesse ao conhecer a Nádia, quis saber dos seus problemas. Quem sabe ela poderia fazer alguma coisa pela menina..."

Na quinta-feira, Samara espera em vão: Rosa não aparece para trabalhar. Como não tem telefone, é impossível contatá-la. Só vem na segunda-feira, logo cedo, parecendo cansada.

– E a Nádia, por que não veio, Rosa?

– Está doente, dona Samara, teve muita febre, foi por isso que faltei esses dias... Quando a Nádia fica doente, fica ainda mais agarrada comigo, não dá pra deixar ela sozinha com os irmãos.

– Fez bem, Rosa, ela precisa de muito carinho mesmo. Sabe, durante esse tempo, pensei muito na sua menina.

– Eu também pensei umas coisas, dona Samara. A senhora sabe, eu tô querendo voltar pra minha terra, lá no Nordeste.

– É, você falou que tem parentes lá, não é?

– E uma casinha decente pra morar, na roça. Quero plantar uma boa horta, ter uma vida melhor pra mim e pros meus filhos.

Samara encara a faxineira: parece tão cheia de esperança... Sem querer, pergunta:

– Tem certeza de que vai melhorar de vida, Rosa? Ouço falar de tanta seca, falta de água, sem contar que os empregos são difíceis e mal pagos, principalmente no campo.

– Eu quero pelo menos tentar, né, dona Samara. É um sonho meu faz tempo. Eu até ganho um dinheirinho fazendo faxina, e olhe que é trabalho pesado. Mas viver na favela... A maioria do pessoal é gente boa, mas tem muito bandido, traficante de droga, exemplo ruim pras minhas crianças...

– Pois lhe desejo muita sorte, Rosa. Se precisar de alguma coisa, é só pedir.

– Obrigada, a senhora é gente fina; eu queria mesmo pedir um favor...

– Pois peça, não se acanhe.

Rosa respira fundo, tomando coragem:

– Será que a senhora não ficava uns meses com a Nádia pra mim? Sei que a senhora trabalha, já tem o Gustavo, mas se pudesse levar a menina no médico, tentar conseguir um aparelho de surdez, sei lá... Me dói tanto ver a Nádia daquele jeito, já pensou se eu faltar? O que vai ser da vida dela? Quem vai cuidar da...

Soluços interrompem a frase. Rosa procura um lenço dentro da bolsa, enxuga os olhos, com vergonha da própria emoção. Samara sente um nó na garganta, faltam-lhe palavras. Até que, também controlada, responde:

– Sabe que eu tive a mesma ideia, depois que você saiu daqui na semana passada? Até comentei com o Gustavo e o Rodrigo. Eu gostaria tanto de ajudar!

– Então posso contar com a senhora? – Rosa lança um olhar suplicante, toda a esperança do mundo contida naquele simples olhar.

Do fundo do coração, Samara toma uma decisão corajosa:

– Pode, eu convenço os dois. Não sei como, mas eu consigo.

– Ah, não quero causar problema pra senhora, não, se os dois não quiserem... O menino é filho único, pode ficar enciumado.

– É, esse é o problema maior, porque o Rodrigo adora criança e eu dou um jeito de convencê-lo. O Gustavo é muito mimado, mas precisa aprender a ajudar os outros, a gente não pode deixar a Nádia desse jeito. Me dê uma semana, tá bem? Na outra segunda-feira lhe dou a resposta.

– Que Deus lhe ajude, dona Samara. Acho que a Nádia gostou da senhora também, ela até sorriu quando ganhou a bala. É tão arredia, a pobrezinha!

Nesse dia, Rosa trabalha mais animada. Limpa a casa da patroa com um carinho especial. Observando-a, Samara surpreende-se com a coincidência: ela pensando em ter a guarda da menina para um tratamento especializado, enquanto a mãe tinha a mesma ideia. Desprendimento materno, que coisa linda! Rosa prefere separar-se da própria filha para que esta consiga superar sua deficiência – uma mulher tão simples, mas com maturidade de pensamento, capaz de um ato de coragem e amor verdadeiro.

Não será um sinal de que ela, Samara, deve mesmo cuidar da pequena? Mas como convencer o marido e o filho, principalmente Gustavo, tão possessivo do amor dos pais? O menino tem de tudo, ao contrário de Nádia, solitária e oprimida naquele silêncio aterrador, que torna seu pequeno mundo tão limitado e sem esperança...

Ela não poderia conviver com aquele sentimento de frustração, caso a menina viajasse, perdendo a única chance de sua triste vida. Decidida – aproveitando que nesse dia é feriado escolar –, liga para o marido:

– Vou até o seu escritório, preciso falar com você sem o Gustavo por perto.

– Aconteceu alguma coisa?

– Aconteceu sim, eu preciso da sua ajuda.

– O que foi, Samara? Desse jeito você me assusta!

– Não se preocupe, aqui está tudo bem... É só uma questão que precisamos discutir.

Capítulo segundo

Sentada na frente do marido, olhos nos olhos:

– Posso ser franca com você, Rodrigo?

– Mas claro que pode, querida! Afinal, temos treze anos de casados, e a franqueza sempre foi a nossa força.

Samara respira fundo:

– Eu quero ficar com a menina.

– Quem?

– Não me diga que você esqueceu... a Nádia!

– A garota surda? Ainda com essa ideia maluca? Tenha paciência, Samara!

– Maluca por quê?

– Por muitos motivos: temos um filho que vai se sentir rejeitado; a garota demanda cuidados, uma trabalheira; e porque você está decidindo de forma emocional, e isso não é bom pra ninguém.

Samara lembra-se de uma frase que ouviu em algum lugar: “A melhor defesa é o ataque”. E resolve partir para ele.

– Eu sou emocional, assumo isso, Rodrigo. Não poderia ter uma reação diferente com a minha personalidade. Que há de estranho em querer ajudar uma criança tão desprotegida? Temos muito mais meios do que a mãe dela, concorda?

– Nem tantos assim. Seu salário de professora é baixo e eu não ganho o que mereço. E temos o Gustavo pra cuidar...

– Pelo amor de Deus, Rodrigo! Então não podemos levar

a garota ao médico, comprar um aparelho de surdez? E se nosso filho tivesse alguma deficiência? A gente daria um jeito... ou não?

– É muito diferente, ele é nosso filho. Felizmente nasceu sadio e...

– Mas poderia não ter nascido assim. Por que não podemos ajudar uma criança deficiente em nome do nosso filho tão sadio, hein? Acho que seria enriquecedor para ambas as partes. Gustavo anda egoísta, mimado, talvez porque seja sozinho.

– Com isso eu até concordo – Rodrigo fica pensativo. – Uma irmãzinha até que seria uma boa. Mas ela não é...

– Esse tipo de argumento eu não aceito, Rodrigo! – Samara parte para o ataque final: – O que vale é a convivência, o afeto. Marido e mulher não são parentes e criam entre si laços muito mais fortes do que se fossem.

Rodrigo até ri:

– Está virando psicóloga, a minha mulher.

– Prometa que vai pensar no assunto, por favor... Eu gostaria tanto!

– Se você está querendo outro filho, podemos tentar.

– Não, não estou querendo ficar grávida de novo, se você quer saber. Uma gravidez já basta. Você sabe o quanto eu passei mal quando esperava o Gustavo. Além disso, o meu médico não aconselha. Eu não quero mais filhos. Mas quero ajudar essa menina a sair do seu silêncio, da sua aridez interior.

Rodrigo ainda tenta argumentar:

– Você já pensou, por um momento sequer, no trabalho que ela daria a todos nós?

– Já, isso não me preocupa, seriam apenas alguns meses, enquanto ela aprende a lidar com o aparelho, talvez numa escolinha para crianças com deficiência de audição e fala. Eu posso conseguir isso. Tenho uma colega que trabalha numa instituição assim, ela é fonoaudióloga.

– O Gustavo disse que não quer.

– Ele é muito novo para tomar decisões desse tipo. Acho que seria bom para ele, que vive reclamando das coisas, ver a luta dessa menina.

– E quem garante que ela será uma lutadora? Pelo que sei, você só a conheceu na semana passada, quando ela veio com a mãe. O caso dela pode ser irremediável, Samara.

– Mas eu gostaria de tentar. O olhar dela, não sei por que, me deu a certeza de que ela é uma lutadora, apenas não teve ainda meios de lutar.

Rodrigo observa Samara à sua frente. Olhos brilhantes, coração falando mais alto. Que loucura tentar uma coisa dessas! Como será essa criança que ela pretende colocar dentro de casa? Quase um animalzinho selvagem, possivelmente perdido no seu mundo interior? Sem ouvir e sem falar, o que ela pensa da vida, das pessoas? Afinal, qual a importância, para um ser humano, de poder ouvir? Será maior do que a de poder enxergar? O cego de nascença nada vê, então não sabe o que perde. Cresce e vive na escuridão aprendendo a contatar o mundo pelos ruídos e pelas sensações táteis. Evidentemente a natureza supre de outras formas o que tira. O cego costuma ter uma excelente audição, um ótimo tato. E o surdo? Ele vê o mundo radioso à sua volta, as cores, as pessoas se movimentando, se comunicando, crianças correndo, brincando. Entretanto, ele não ouve nada disso, tem apenas a percepção das coisas, sem possuí-las ou desfrutá-las. Talvez a surdez seja ainda pior do que a cegueira, pois o surdo vê e não participa, ficando marginalizado na solidão a que o silêncio o condena. Como cresceria essa criança surda, filha de uma pobre faxineira, que possivelmente esperaria horas na fila de um hospital público ou posto de saúde se quisesse levar a filha ao médico? E o "volte amanhã", a consulta depois de meses, talvez até de um ano – a mulher poderia se dar ao luxo de tanta espera, de voltar quantas vezes fosse preciso? E, mesmo quando e se fosse atendida, teria condições de cuidar do tratamento da filha, comprar um aparelho, treiná-la convenientemente ou colocá-la numa escola especializada?

O olhar de Samara ali à sua frente. Que mulher arrojada, meu Deus! Com uma vida tranquila, o filho praticamente criado e um trabalho que ela ama, apesar de mal remunerado, em vez de se acomodar, essa garra de cuidar daquela criança e iniciar um tratamento trabalhoso. Será que, cansada, logo no fim do primeiro mês, ou até da primeira semana, ela já não desistiria?

– Você tem certeza de que quer isso mesmo? Não prefere pensar mais um pouco? Pense no trabalho que você vai ter. É como se estivesse adotando uma nova Helen Keller, lembra? Aquela americana que, aos dois anos, pegou uma doença que a deixou cega e surda? E sabemos que aqui no Brasil não há tantos recursos quanto nos Estados Unidos ou na Europa...

– Quer dizer que você... concorda? – Samara dá um grito, com os olhos radiantes como estrelas.

– Concordo – Rodrigo sorri, preocupado. – Mas me dê sua palavra: se não aguentar, me avise. Esse trabalho só pode ser feito com amor. Se houver revolta, não adianta nada.

– Claro que eu aguento! Ah, que alegria! A Rosa vai passar em casa na próxima segunda-feira. Ela também vai morrer de felicidade!

– Deixe que eu falo com o Gustavo – oferece Rodrigo. – Uma conversa de homem para homem. Mas pode se preparar: ele vai ficar revoltado. Você já pensou onde a garota vai dormir?

– Podíamos preparar um quartinho para ela naquele cômodo que está vazio.

– Não está vazio; é lá que o Gustavo guarda seus brinquedos e assiste à tevê.

– Isso porque está sobrando espaço. Ele pode muito bem guardar os brinquedos no próprio quarto. A não ser que durmam os dois juntos.

– Melhor deixar essa decisão para o Gustavo. Acho que ele prefere ter um quarto só pra ele, mas é bom que aprenda a dividir as suas coisas.

Contudo, Samara adverte o marido:

– Prepare-se. Já imagino o que o resto da família vai dizer: que enlouquecemos.

– Problema deles. Quem decide a nossa vida somos nós. Quanto tempo a Rosa vai ficar no Nordeste?

– Talvez para sempre. Estará melhor por lá, onde, pelo menos, tem moradia decente no sítio da família dela. Quando a menina estiver legal, pode ir morar com a mãe.

– Tudo bem. Vou falar com nosso advogado, creio que precisamos de uma autorização do juiz de menores para obter a guarda provisória da garota. Avise a Rosa, se é que ela ainda não mudou de ideia.

– Como eu posso agradecer a sua bondade, Rodrigo?

– Trate de ter forças para o que vem por aí, meu bem. Você nem imagina o trabalho que arrumou.

Nessa mesma noite, Rodrigo convida Gustavo para jantar fora, só os dois. Conversa de homem para homem. Ele quer testar a reação do garoto longe da mãe. Perto dela, Gustavo se comporta de modo muito infantil, possessivo e carente. Filho único é fogo! Por mais que se tente impor disciplina, ele é sempre o rei do pedaço.

Samara também gosta da ideia. Ficar um pouco sozinha lhe dará tempo de pensar melhor sobre o assunto e telefonar à amiga fonoaudióloga para estruturar bem os seus planos. A tarefa a que se propõe – Rodrigo tem toda razão – não é brincadeira.

Além disso, há outro problema: a garota concordará em viver na companhia deles? Deixar a mãe, os irmãos? Arredia do jeito que é... Mas alguma coisa arde naqueles olhos assustados: uma chama tênue, mas que fala alto na sensibilidade de Samara. Aquela menina merece essa oportunidade – todos merecem –, porque vibra em seu corpo uma força oculta, como um grito calado: "Por favor, me ajudem!".

Ela fará o possível para ajudar. Com os seus recursos, tentará trazer aquele triste ser para a vida. Que terrível viver até os seis anos de idade em completo silêncio! Como será um mundo assim, silencioso? Sem um canto de pássaro, sem música, sem o carinho das palavras? O que entenderá do mundo, do significado de estar vivo, alguém condenado assim ao silêncio? Que estranhas sensações serão consequências de tal solidão?

Disca o número da amiga, ela atende. Fica surpresa, elogia a coragem de Samara e coloca-se à sua disposição. Recomenda, enfática, uma escola para surdos que funciona em período integral, com crianças de várias idades. Evidentemente, quanto mais cedo se iniciar o tratamento, melhor. Há um grande atraso, a garota já tem seis anos. Tudo dependerá de uma boa avaliação, isso é fundamental para definir o tipo e a extensão da surdez de Nádia. Dá nome e endereço de um médico amigo, foniatra, que poderá orientar o tratamento, a escolha do aparelho a ser usado, e tudo o mais. Isso depois dos testes a que a menina será submetida.

Horas depois, pai e filho voltam para casa. Rodrigo dá uma piscadela, querendo dizer: "tudo certo". E Gustavo vai logo falando:

– Pode dar o meu quarto de brinquedos para a Nádia. Acho que eu vou gostar dela. Desde que você goste mais de mim... Não vai me deixar de lado, vai?

– Ora, meu filho – Samara agarra o garoto, dá-lhe um forte abraço. – Você é o máximo pra mamãe e pro papai. A gente só vai ajudar um pouco a Nádia.

– É isso aí – concorda o garoto. – Eu tava meio enciumado no começo, porque, afinal, sou a única criança aqui da casa, né, mas a gente tem de ajudar, sim. O papai me falou do jeito que a Nádia vive. Dá um aperto no coração... E se ela for pra roça, nunca vai aprender mesmo.

– É isso aí, filhão, fico tão feliz de ver que você entendeu...

– E quando ela vem? Não vai mexer nos meus brinquedos, vai? Não quero que ela estrague tudo.

– Ela nem liga, filho. Pelo menos por enquanto, esses mecanismos eletrônicos não fazem o menor sentido pra ela. Ainda vai demorar algum tempo pra Nádia se interessar por isso.

Gustavo parece mais animado:

– Daí eu ensino direitinho e ela não estraga, né? Tudo bem. E quando ela vem pra casa?

Samara sorri ao ouvir aquele "pra casa":

– Vai depender da ordem do juiz.

– O nome dela é bonito: Nádia!

– Quer dizer “esperança”, meu filho. De ser uma pessoa igual a todas as outras, de ter uma vida normal. E ela vai ter, se Deus quiser.

– Com a nossa ajuda, né, mãe? Olhe, eu vou contar pra todos os meus colegas que vou ganhar uma irmã. E posso dizer que ela é surda-muda?

– Acho que a verdade a gente deve dizer, sim, que é que tem? Assim eles também vão ajudá-la. É preciso que todo mundo ajude a Nádia a descobrir a vida. Na realidade, ela é apenas surda, por isso está muda, entende? Quando ouvir, talvez até consiga falar.

Capítulo terceiro

Segunda-feira, logo pela manhã, Rosa aparece, trazendo Nádia pela mão. Samara espera por elas. Sentam-se para conversar, os olhos escuros da menina denotando curiosidade. A faxineira pergunta, ansiosa:

– Então, dona Samara, o seu Rodrigo concordou?

– Concordou, sim, Rosa, e o Gustavo também. Você está de acordo que eu fique com a Nádia para o tratamento? Dou a minha palavra de que farei esta menina ouvir e, se possível, até falar.

– Ah, é o que eu mais quero na vida... – suspira Rosa. – Pelo menos posso morrer tranquila, sabendo que a minha filha não está tão perdida nesse mundo de silêncio dela...

– Tenho boas notícias, Rosa – continua Samara. – Tenho uma amiga fonoaudióloga que trabalha com crianças como a Nádia. Ela já me indicou um bom médico e também uma escola. Quando você voltar, nem vai reconhecer a sua menina.

– Deus lhe ouça, dona Samara. Agora, o que eu queria da senhora era um jeito de convencer a menina a ficar aqui. Ela é muito agarrada a mim, é como um bichinho assustado. Nunca ficou longe antes.

– Claro, Rosa. Vou precisar de algumas informações para dar ao médico – diz Samara. – Enquanto a gente conversa, a Nádia já vai se acostumando comigo.

– O que a senhora precisa saber? – pergunta Rosa, disposta a colaborar.

– Se existem casos de surdez na família, se a menina já nasceu assim ou ficou surda depois de algum remédio, por exemplo. Há antibióticos que causam a surdez, mas a deficiência também pode ser genética ou congênita.

Rosa pensa por alguns instantes:

– Na família não tem, não, dona Samara. Não que eu me lembre. Agora, eu tive rubéola quando tava grávida da Nádia. Será que...

– Não tenho certeza, não sou médica, mas é muito provável. A rubéola é terrível nos primeiros três meses de gravidez. Ainda bem que já existe uma vacina. Todas as mulheres deveriam tomá-la, por precaução, se não tiveram rubéola na infância ou adolescência. Vou anotar aqui, direitinho.

Enquanto isso, Nádia se levanta e começa a girar pela sala. É atraída por um brinquedo jogado no chão. Abaixa-se e fica entretida com ele.

– Ela parece interessada. Bom sinal – comenta Samara.

– Ah, ela não é boba, não, se é isso que a senhora quer dizer. Gosta de brincar, coitadinha. As crianças da favela é que judiam dela, vivem xingando a pobre de "surdinha" ou "mudinha". Será que ela aprende a falar mesmo, dona Samara?

– Vai ser preciso muito esforço, mas quem sabe ela não aprende? – apoia Samara. – Você disse que ela tem seis anos, não é?

– Fez seis agorinha. Nunca teve doença séria, só febre, coisa de criança. Nem tomou remédio desses que a senhora falou. Acho que foi mesmo da rubéola que eu tive na gravidez.

– E quando é que você percebeu que ela não ouvia?

– Vida de pobre, né, dona Samara, a senhora sabe... Saindo logo cedo pra fazer faxina, horas no trânsito, nesses ônibus lotados. Os filhos crescendo meio sozinhos, na mão dos mais velhos, dos vizinhos... Eu fui perceber mesmo, ela já tinha quase três anos. Dormia demais, sempre foi um bebê muito quieto.

– Esse é o grande problema, a minha amiga me explicou direitinho – completa Samara. – A gente precisa fazer uns testes com as crianças, desde que elas são bebês. Falar com elas quando estão de costas, bater tampas de panelas, enfim, qualquer barulho pra ver se há reação.

– Acho que eu só fui perceber que a minha filha não falava quando a criançada da mesma idade lá na favela já tava tudo falando, gritando e pintando o sete. Mesmo os meus outros filhos. Então um dia eu fiz isso que a senhora falou: bati forte numa caneca e a turma toda reclamou do barulho. A Nádia nem ligou, continuou quieta e parada, como se não tivesse ouvido nada. Ela já tinha quase três anos e não dizia uma palavra. Aí eu chorei muito, dona Samara, até molhei a roupa de tanto chorar. Era demais pra mim ter uma menina surda-muda em casa.

– Mas só chorar não adianta nada, Rosa. O que adianta é agir. Quanto mais cedo, melhor. Mas já que nada foi feito, começamos agora com toda a fé e força de vontade. Você vai ver que a sua menina ainda tem remédio. Ela pode entrar na escola e ser uma criança normal.

– Preciso assinar algum papel, dona Samara?

– Precisa sim, Rosa. Lá na frente do juiz, para ele nos dar a guarda provisória da Nádia. O advogado vai cuidar de tudo. Quando você viaja para o Nordeste?

– Assim que tiver tudo pronto.

– Pois vamos fazer assim: você vem todo dia, se puder, pra Nádia ir se acostumando comigo, com a casa, com o Gustavo e o Rodrigo. Se for preciso, você dorme aqui pra menina não ter medo. Assim, quando sair a papelada, ela não vai sofrer tanto com a separação.

– A senhora é muito boa, nem sei como lhe agradecer...

– Deixe disso, Rosa. Eu gosto muito da Nádia. A alegria dela vai valer todos os sacrifícios.

Samara se aproxima da menina e a abraça. A garota, ainda arredia, não retribui o abraço, agarrada a um carrinho de brinquedo de Gustavo.

– Vai ser duro deixar a minha caçula – suspira Rosa –, mas sei que vai ser para o bem dela. Daqui a um ano eu junto um dinheirinho e venho ver minha menina. Quem sabe ela já não pode ir embora comigo, não é?

Os dias seguintes são cheios de trabalho. As duas mulheres e Rodrigo preparam os papéis da guarda provisória para o juiz assinar e comparecem ao fórum. Isso transcorre de forma simples, porque o advogado entende bem do assunto, e o juiz sensibiliza-se com o problema de Nádia. Rosa assina tudo tranquilamente, prometendo voltar no ano seguinte para rever a filha. Não há uma data limite para a guarda provisória: ela poderá se estender por mais tempo, se o estado de saúde da menina assim o exigir.

O segundo passo é fazer com que a garota se acostume com a nova casa, o que não é tão difícil quanto parece. Samara, carinhosa por natureza, acolhe Nádia como uma filha. A garota encanta-se com o pequeno quarto, redecorado em tons de rosa e branco, com uma grande boneca em cima da cama. Seus olhos brilham de alegria.

Na casa há um gato angorá alvíssimo e lindo, de grandes olhos verdes. A menina afeiçoa-se ao animal e é correspondida. Passa a maior parte do tempo com o gato no colo, alisando seu pelo macio. Gustavo às vezes fica um pouco enciumado:

– Mãe, ela roubou o meu gato!

Ou então:

– Ela tem o quarto dela, por que não sai do meu? Pega os meus brinquedos, pô, nunca viu brinquedo na vida? Você disse que ela nem ia ligar.

Samara tenta consolá-lo:

– Ela morava numa favela, está deslumbrada com tantos brinquedos novos e bonitos. Dá pra entender, não dá, filho?

Gustavo fica dividido:

– Eu entendo, mãe, mas não gosto.

– É importante saber dividir, filho – insiste a mãe. – Ainda mais com quem teve tão pouco na vida. Se pelo menos ela pudesse dizer o que sente...

Gustavo então se comove:

– Tá legal, mãe. Eu deixo, ela pode brincar com os meus brinquedos, sim, pô, ela é tão bonitinha!

Franzina, miúda, os olhos negros, brilhantes e fundos, contendo toda a emoção do mundo. Como um dique represado, as emoções trancadas, todas elas prestes a se soltar. A princípio arredia, tem agora os olhos cheios de lágrimas na primeira vez em que se vê sozinha. A mãe indo embora, dizendo:

– Se ela tem de se acostumar sem mim, não adianta eu ficar por perto, dona Samara. Que Deus ajude a minha filhinha...

Nádia vê sumir no horizonte a única ligação que tem com a vida: sua mãe. Agora, um mundo estranho à sua volta, mais ordenado talvez, mais bonito, mais complexo, mas estranho e por vezes hostil. Gustavo é ora gentil, ora carrancudo, nas suas crises de possessividade. O carinho de Samara e Rodrigo, dois estranhos que a abraçam e beijam, cobrindo-a de gentilezas, que são percebidas vagamente. A cama macia, só dela, a boneca bonita, as roupas novas que a moça compra e põe no guarda-roupa, enquanto sorri para ela. E o banho de banheira, o corpo mergulhado na água tépida, o cheiro bom do sabonete, do talco, do perfume. Desvelos e carinhos que ela até estranha: Rosa sempre apressada, limpando a casa das freguesas, sem tempo para tantos cuidados, ainda que fosse mãe devotada e carinhosa. Quem dava banho nos filhos menores era a irmã mais velha, assoberbada com tantas tarefas, reclamando que perdeu a hora da escola.

Nádia agora desfruta um espaço maior, um sossego grande. No entanto, sente falta das outras crianças que judiavam dela – mas das quais ela gostava –, dos vizinhos, daquela velha que lhe dava balas... Seu novo lar é amplo e bonito, mas tudo ali é estranho, os rostos, os movimentos, as cores – cadê sua mãe? Foi embora e a deixou ali. Pra quê? Por quê? Ela nem pode chorar alto, nem gritar de susto ou de medo, só pode sofrer calada. As lágrimas lhe escorrem pelo nariz, pela boca. A moça bonita abraça seu frágil corpo, beijando-lhe o rosto. Tristeza e alegria ao mesmo tempo. Tão pequena... Ah, que brinquedos lindos no quarto do menino, como ela gosta daquele quarto!

Gustavo pula no colo de Samara:

– Pô, mãe, você agora só gosta da Nádia!

– Que bobagem, filhão, eu adoro você! A Nádia precisa de carinho também, não precisa?

– Só porque ela é surda?

– Só por isso não, mas porque agora ela é como se fosse sua irmãzinha. E precisa de muita ajuda, de muita compreensão para aprender a ouvir e a falar.

– Você acha que ela consegue, mãe? Eu acho difícil, hein? Ela se entende bem é com o Doca! Agora aquele gato safado só quer saber do colo dela...

– O que é que tem, filho?

– Já não chega pegar os meus brinquedos, ter o carinho de vocês... até o gato, pô!

– O que é isso, garotão?! Eu sei que você não é egoísta, vai...

– Você ainda gosta de mim?

Rodrigo vem entrando, pega o fim da conversa:

– Venha aqui dar aquele abraço no paizão. E deixe de bobagem, rapaz! Nós gostamos da Nádia, mas ninguém vai tirar o seu lugar!

Gustavo se atira nos braços do pai. Depois, mais calmo, comenta:

– Como é que pode alguém não ouvir nem falar nada? Gozado, né, mãe?

– Triste, meu filho. Por isso a gente precisa ajudar a Nádia. Já marquei consulta no foniatra pra depois de amanhã. Vamos começar a luta, de frente!

– Tem horas que ela chora, pai... Acho que tem saudade da mãe dela.

– A propósito, a Rosa já viajou? – pergunta Rodrigo.

– Já – confirma Samara. – Achou melhor assim. É uma mulher forte, sabe o que é melhor para a filha. Mas prometeu escrever, pedindo notícias.

– Cadê a Nádia?

– Ah, está brincando com o Doca, ela adora o gato.

– Vá buscar a Nádia, Gustavo – pede o pai. – É importante que ela aprenda a conviver bastante conosco, para se sentir acolhida, como se fôssemos a sua família.

Capítulo quarto

O médico consultado por Samara é simpático e sorridente, mas incisivo e bastante realista. Aos seis anos de idade é muito tarde para iniciar um tratamento. O ideal seria detectar a surdez enquanto Nádia era ainda um bebê, até os seis meses de idade. Enfim, seria tudo tão simples se a população fosse alertada para isso! Testes caseiros bem simples, como bater palmas, colheres ou tampas de panelas ou chamar os bebês quando estão de costas são eficazes no diagnóstico precoce da surdez. Bebês que não piscam e não reagem ao barulho provavelmente têm deficiência auditiva.

Samara fica sabendo de mais detalhes: que a surdez, segundo estatísticas, atinge um número um pouco maior de meninos do que de meninas, não se sabe a razão. Pode aparecer numa geração, sumir na outra e reaparecer numa terceira; ser causada por remédios, antibióticos na maioria dos casos; por sequelas de partos, principalmente os de bebês prematuros, quando sofrem falta de oxigênio (hipoxia); por meningite; pela sífilis congênita, isto é, transmitida de mãe para filho na gravidez; por infecções virais durante os três primeiros meses de gestação, como é o caso da rubéola. Este último parece ser o caso de Nádia, o que configura também uma surdez congênita. Aí reside o maior problema. Se a pessoa ensurdece após aprender a falar, é mais simples. Mas, se já nasce surda, torna-se também muda, pois não ouve nenhum som, base do aprendizado oral. O médico confirma o que ela já sabia: não existe surdez absoluta. O que se considera surdez anda pela casa dos 80, 90 decibéis. Ele fará testes de audiometria para saber exatamente qual a perda auditiva de Nádia.

O médico trata Nádia com todo o carinho. É um especialista em crianças, com vários anos de experiência. A garota nem se assusta com os exames audiológicos, ainda que dificultados pelo fato de ela ser muda. Aliás, o doutor é taxativo num ponto: não se usa mais a palavra *surdo-mudo,* que foi definitivamente abolida. O termo mais adequado é apenas *surdo* ou, para ser "politicamente correto", *deficiente auditivo.*

Terminados os exames, o médico é claro e objetivo. A menina tem uma grande perda, embora desigual, em ambas as orelhas. Precisa usar dois aparelhos. Samara até se assusta quando descobre o preço. O médico lhe diz que ela talvez os consiga gratuitamente através da secretaria de promoção social do estado. Mas isso demanda tempo, espera, disponibilidade de aparelhos, verbas etc. Enfim, tudo no terreno das possibilidades, nunca da certeza. Ela descarta essa hipótese automaticamente. Nádia não pode esperar. Samara prefere contar com seus próprios recursos. Conseguirá esses benditos aparelhos, a qualquer preço.

O médico comenta que as crianças toleram bem os aparelhos de caixinhas, que se transformam inclusive num brinquedo, quando bem adaptados.

Depois dos testes, saem ambas do consultório do foniatra, a cabeça de Samara a mil por hora: "Rodrigo vai dar um pulo quando souber o preço dos aparelhos". O foniatra já fizera um desconto no preço da consulta, pela indicação da amiga fonoaudióloga. "Deve haver um jeito de pagar isso, ainda que em prestações – o que aumentará incrivelmente o preço –, ou talvez por meio de um empréstimo bancário..." Lembra-se, aflita, das reclamações constantes de Rodrigo de que não aguenta mais pagar os juros do cheque especial!

– Tudo isso?!

É a resposta esperada. Rodrigo se justifica:

– Nossa prestação da casa dobrou, meu bem. Como poderemos comprar esses aparelhos caríssimos?

– Tem de haver uma solução! Será que todos os que precisam desses aparelhos são ricos, meu Deus?!

Rodrigo suspira. Desistir, a essa altura, é impensável. E dá o sinal verde:

– Informe-se nas lojas especializadas; comprar à vista está fora de cogitação. Nunca liguei pra dinheiro, mas nessas horas bem que faz falta. Faça a compra a prazo, com o máximo de prestações. Pagaremos o dobro, mas se não há outro jeito...

– Sinto muito, Rodrigo, não pensei que fossem tão caros. Mas talvez a gente consiga encontrar aparelhos usados, menos sofisticados, sei lá...

– Deixo a seu critério. Mas, pelo amor de Deus, não faça uma loucura!

Samara faz uma verdadeira romaria pelas lojas de aparelhos de surdez: preços de joias, prestações altas. Finalmente, encontra uma solução: comprar dois aparelhos usados de fregueses abonados que os trocaram por modelos mais modernos. Ainda assim, são caros. Mas têm de ser comprados a qualquer custo, ainda que isso signifique algumas aulas particulares ou menos coisas supérfluas para o Gustavo. Ele entenderia... ou não?

O menino não quer entender. Abre um solene berreiro:

– Droga! Vocês me prometeram um computador e agora vão comprar dois aparelhos para a Nádia. Não chegava um só!

A mãe, paciente, tenta explicar:

– Um para cada ouvido, meu filho. Ela tem deficiência nos dois ouvidos.

– Problema dela!

O pai intervém:

– Nunca mais diga isso, Gustavo. O problema agora é nosso. Essa menina nunca teve oportunidade na vida, e a gente se propôs a ajudá-la, a qualquer preço. Você devia ficar contente de poder ajudar.

– Eu, hein, não sou besta!...

O garoto afasta-se, amuado. Mas logo depois volta, meio sem graça:

– Olha, eu nem preciso desse computador. Posso usar o do meu amigo. Pode comprar o aparelho da Nádia, mãe, acho legal.

– Os aparelhos, meu filho, são dois, esqueceu? – corrige Samara. – Mas fico feliz pela sua compreensão. Cadê a Nádia?

– Tá lá no meu quarto, mãe. Ela adora aquele quarto. Agora cismou com o meu avião. Deixa, ela nunca viu tanto brinquedo junto... Depois que brincar com tudo, volta pro quarto dela.

Samara e Rodrigo entreolham-se e sorriem um para o outro. O pai diz:

– Ele está crescendo, foi uma boa a gente trazer a Nádia para morar aqui.

– Estou com tanto medo, Rodrigo... Vai ser uma luta! O médico disse que pode levar anos pra ter algum resultado.

– Você não disse que a Nádia é uma lutadora, meu bem? Ela pode conseguir um milagre. Quem sabe demora menos tempo?

– A Rosa vai voltar no ano que vem. E se a menina ainda não falar nada?

Rodrigo olha Samara de frente:

– Estamos fazendo o máximo possível, não estamos? Ela já tem os aparelhos. Quando vai matriculá-la na escola?

– Tenho uma entrevista amanhã cedo com a assistente social.

Divisão de Educação e Reabilitação dos Distúrbios da Comunicação – unidade de uma tradicional universidade, sem fins lucrativos. Para variar, deficitária. Lá são feitos os exames em Nádia, para ver se a deficiência auditiva da menina não acarretou comprometimentos mentais ou emocionais mais graves.

O caso da garota prevê um tratamento com dois aparelhos, como o foniatra já havia definido pelos testes. E, felizmente, não há nenhum problema paralelo, apenas a surdez.

Ela ficará à espera de uma vaga numa das unidades de meio período, e o pagamento é simbólico, Samara paga o que puder. O critério estabelecido como medida de valor é esse, ainda que irrisório, tipo bolsa de estudos.

Na escola, a menina se submeterá – como explica a assistente social – a um processo de interação, como brincadeiras entre mãe e filho, expressas através do corpo. Até a década de 1980, o objetivo maior era a oralidade, ou seja, fazer o surdo falar a qualquer preço. Desde então, esse método tem sido repensado. Hoje, a comunicação entre o deficiente auditivo e o mundo abrange várias formas. Há a leitura facial, ou orofacial, em que se aprende a "ler" os lábios das pessoas. Usa-se também a língua brasileira de sinais (Libras), também chamada de mímica, similar à língua norte-americana de sinais, a ASL (American Sign Language), e ao gestuno, uma espécie de esperanto[1] mímico. Procura-se também desenvolver a oralidade, para que a criança aprenda a falar pelo menos algumas palavras básicas. O objetivo agora é a comunicação total.

– Será que vai chegar esse dia? – suspira Samara, bastante ansiosa.

– Mas claro que chegará – sorri a assistente social. – Que desânimo é esse? Quer visitar a escola, ver como se comportam as crianças?

– Se quero! Posso?

– Claro que pode. Vamos lá.

---

1 Esperanto é uma língua auxiliar de comunicação internacional, elaborada e divulgada por um médico judeu-polonês, em 1887.

Nádia, de mãos dadas com Samara, caminha receosa, encurtando os passos. Dentro das classes, crianças alegres, buliçosas, todas com aparelhos, cuidadosamente guardados em bolsinhos de crochê costurados nas camisetas, invenção amorosa de uma das mães. Uma feliz interação entre professores e alunos, todos sentados em círculos, compartilhando suas experiências.

Samara fica estática com o que vê. Tinha imaginado uma escola triste, quieta, e agora, à sua frente, vê crianças de olhos brilhantes, cheias de entusiasmo.

Nádia aos poucos se acerca das outras crianças, curiosa com os aparelhos, os fios que saem deles, ligados aos botões nas orelhas. Samara tenta detê-la, mas a assistente a impede:

– Deixe a garota, é importante que ela se acostume com esses aparelhos todos. Sabia que as nossas crianças sempre incluem os aparelhos nas figuras que desenham?

– Incrível essa adaptação, essa alegria toda que vejo aqui!

A assistente continua:

– Há uma discriminação da sociedade em relação ao deficiente, seja qual for a sua deficiência. Por que uma escola de surdos teria de ser silenciosa e triste? Eles estão aqui justamente em busca da vida, do milagre da palavra!

– Você tem razão – Samara concorda. – Somos todos preconceituosos. E a sociedade alimenta esse preconceito em programas de tevê, que ridicularizam os surdos, principalmente os idosos. Como se não existissem crianças e jovens com deficiência de audição...

– Esse é um componente perverso da sociedade, que

considera apenas a existência de indivíduos perfeitos – completa a assistente social. – Quem tem alguma deficiência é fatalmente discriminado. É importante que as crianças vejam os aparelhos com naturalidade, e isso só acontece quando a família dá um apoio verdadeiro. Se houver rejeição ao aparelho, o tratamento se torna complicado.

Nádia continua entretida com tantos botõezinhos e fios. Pelo visto, não terá problemas em usá-los. Principalmente naquelas simpáticas bolsinhas de crochê, que Samara promete costurar nas blusinhas da menina. E ela que nem sabe fazer crochê! Vai precisar da ajuda da mãe, que tem muita habilidade nessa arte.

Esses momentos são de extrema importância. Ali, naquela escola iluminada, alegre e cheia de professoras carinhosas, começa uma vida nova para Nádia. O caminho do crescimento como um ser humano no gozo de todos os seus direitos.

Mas ainda falta o principal: a vaga. Dias de expectativa, consumidos na compra dos aparelhos. Para adiantar o trabalho, eles ficam à disposição de Nádia, como se fossem brinquedos. É importante que a menina os considere como amigos próximos, para que nunca se separe deles.

Rodrigo, preocupado, adverte a mulher:

– Tome cuidado, Samara, não deixe a Nádia quebrar esses benditos aparelhos. Eles custaram os olhos da cara!

– Fique tranquilo, ela está se familiarizando com eles. Imagine se as crianças carentes pudessem comprar um deles que fosse! O foniatra disse que talvez sejam fornecidos em postos

de saúde ou por intermédio da secretaria de promoção social do estado, mas já pensou o quanto deve demorar isso?

– Nem quero pensar! Será que isso algum dia vai mudar, Samara?

– Para o bem das nossas crianças, espero que sim.

– Há milhões de surdos em nosso país, sem contar os que ensurdecem por acidente de trabalho e outras causas, aparentemente inocentes: danceterias, motocicletas turbinadas, fones de ouvido, e nem imaginam que sejam surdos; até se surpreendem quando fazem os exames. Quando têm acesso a eles, naturalmente.

– Ainda bem que a Nádia não depende disso. Ela vai ouvir e até falar, se Deus quiser. Precisava ver a menina lá na escola, Rodrigo. Foi uma empatia instantânea. Eu disse pra você que ela tinha garra!

– No que depender de nós, ela terá tudo o que precisa, nem que eu tenha de pedir um aumento ao meu chefe – garante Rodrigo.

– De mim também, pai – diz Gustavo, pegando o fim da conversa. – Achei tão legais os aparelhinhos da Nádia!... E a vó? Vai fazer os bolsos de crochê, mãe?

– De todas as cores, para as camisetas da Nádia – confirma Samara. – Está mais entusiasmada que eu.

– Com todo esse pensamento positivo, a Nádia vai conseguir – sorri Rodrigo.

Enquanto isso, a garota, toda animada, mexe e remexe nos aparelhos, como se fossem delicados brinquedos.

Capítulo quinto

Dia mágico: o telefone toca, e a assistente social tem uma boa notícia.

– Conseguimos uma vaga para a Nádia!

Alegria. Samara toma a menina nos braços e roda com ela pela sala. A garota sorri, com os olhinhos brilhando de felicidade.

– Isso é só o começo, Nádia. Por enquanto você não ouve nada, minha querida, mas tudo vai mudar! Já temos os aparelhos, não temos? Estamos com dívidas até o pescoço, mas temos os benditos aparelhos, e amanhã você vai para a escola!

"Meu Deus, os bolsinhos de crochê! Preciso ligar pra mamãe." Samara pega o telefone.

– Alô, mãe?! Os bolsinhos estão prontos? Ah, faz tempo? Ô, mãe, a senhora é uma santa! Obrigada! Vou correndo pegar, hoje, claro. Amanhã a Nádia vai para a escola. Conseguimos uma vaga!... Sim, acabou-se o tempo triste do silêncio. Agora é um novo tempo, de reconhecimento da vida!

De manhã cedo, a garota já está prontinha, com os bolsinhos de crochê pregados na camiseta. Os aparelhos vão na caixa, quem vai colocá-los é a professora. A ansiedade de Samara é tão grande que Gustavo brinca:

– Parece que a senhora é que vai para a escola, mãe!

– Pois vou mesmo, tô torcendo loucamente pela Nádia. Ela está bonitinha, não está?

– Ela tá sempre bonita – diz Gustavo, galante. As duas crianças agora são amigas. O quarto de Gustavo continua sendo o paraíso da menina, que vasculha tudo, descobrindo todos aqueles brinquedos mágicos. Às vezes cai de cansaço e dorme ali mesmo, no tapete. Gustavo vem correndo chamar:

– Quem me ajuda a levar a Nádia pra cama? Tá pesada!...

Engordou, ficou mais bonita ainda, com um ar saudável. Passou também pelo pediatra, que fez uma série de recomendações, incluindo vitaminas. Integrou-se perfeitamente à família. Principalmente ao Rodrigo. Nem bem ele chega, ela corre para sentar no seu colo. Adora ter um pai. Sem falar na grande amizade que se instalou pouco a pouco com Gustavo, que aprendeu a dividir seu espaço, seus pais, seus brinquedos. Salutar para todos.

Samara ama a menina. Tem um carinho todo especial por ela. A comunicação entre ambas é um pouco difícil, mas tudo é transmitido na base da empatia, de gestos, sorrisos e abraços. Há uma grande ternura entre elas, e isso é que importa. A assistente social avisou que é importante que a família de um surdo também aprenda a língua de sinais. Samara vai aprender, claro que vai, depois ensinará ao Rodrigo e principalmente ao Gustavo; eles já se dispuseram a isso. Vai ser uma coisa nova e até divertida.

Nádia é inteligente, percorre cada canto da casa fazendo novas descobertas. O jardim é um dos seus lugares favoritos. Ela cheira e apalpa tudo, descobrindo a vida. Tem os olhos brilhantes, curiosos, a mente perfeita: um ser latente, explodindo de emoções, à espera de que possa canalizar tudo aquilo em gestos, sons... palavras! Comove aquele jorro contido que paira no ar, como aura, em torno de sua pessoa. Gustavo, sensível, percebe:

– Mãe, parece que a Nádia quer gritar...

– Também sinto isso, meu filho.

Escola. Mundo novo, fantástico. Nádia sobe as escadas com vontade, de mãos dadas com Samara. Tudo nela é vibração e coragem. Adivinha, supõe, deseja. O brilho nos olhos contagia a professora:

– Mas que menina bonita! E que ar inteligente!

– Estou tão confiante! – exulta Samara. – Aqui estão os aparelhos. Como é que vocês vão fazer?

– Deixe comigo – sorri a professora Neide. – Vamos primeiro despertar o interesse da menina pelos aparelhos, através da sua curiosidade natural. Se não houver rejeição, eles serão colocados primeiro por uma hora ao dia; depois ampliaremos o tempo de uso. É preciso que façam parte dela, que ela vá para casa com eles, e não os tire mais, apenas na hora de dormir. O processo é lento, mas muito produtivo. Tenha confiança!

Samara também sorri:

– Mas eu tenho. Muita mesmo!

Hora da despedida. Nádia segura firme a mão de Samara, não quer largar. No canto do olho, uma lágrima furtiva. Samara abraça a menina, olhando-a, como quem diz: "você tem de ficar aqui...". E vai soltando a mão de Nádia aos poucos, enquanto a professora, carinhosa, leva a menina para junto do grupo. Nádia ainda se volta, a lágrima agora corre pelo seu rosto, é a segunda separação da sua vida. Samara estremece, mas se contém: é para o bem dela. Sai quase correndo dali. O choro silencioso já desce pelo pescoço de Nádia, molhando a camiseta com os bolsinhos de crochê...

A classe. Turma risonha, todos com aparelhos em bolsinhos semelhantes aos de Nádia. Carinhas alegres em volta de Neide, que, sentada no meio do círculo, diz:

– Esta é a Nádia. Ela veio ficar com vocês.

As crianças abrem uma brecha, Nádia se senta, com o olhar assustado. Confronta-se com rostos, fios, botões nas orelhas, a criançada que manobra os aparelhos como se brincasse com os brinquedos favoritos. Foi colocada de propósito numa turma mais adiantada, para ter um estímulo maior. Os testes indicaram que seu QI é excelente, pode render muito.

A ordem na escola é *interagir.* A professora fala devagar, mas normalmente, e os alunos reproduzem os sons à medida que os ouvem, mesmo sem saber falar. A intenção é incrementar todo o sentido oral das crianças, despertá-las para a palavra. Também leem os lábios de Neide, tentando captar o sentido das frases.

Depois há a sessão dos contos de fadas. A professora conta histórias infantis conhecidas, como *Cinderela,* usando a língua brasileira de sinais. A criançada ri, feliz, com as expressões corporais da professora, experiente no que faz. Ela então pede a eles que recontem a história para ela. Corrige erros, reforçando a empatia com todos.

As horas passam e chega o fim das aulas. Samara, correndo de volta da escola onde leciona, espera por Nádia. A menina sai sorridente, sem usar aparelho algum. A professora vem conversar, diz que o aproveitamento foi bom, que a garota promete. Ainda é muito cedo, mas ela aceitou bem a convivência com as demais crianças, brincou com os aparelhos, usou-os por alguns momentos.

O pior já passou. Agora é apenas uma questão de paciência, de rotina: todas as manhãs, Nádia irá para a escola e conviverá em plena interação com os colegas.

Dias, semanas, meses voam. Incrível como o tempo passa rápido, principalmente quando estamos ocupados. Samara se desdobra. Tem as próprias aulas – incluindo as da língua de sinais, que aprendeu rapidamente, com muita força de vontade, em classe de ouvintes, para pais e professores de deficientes auditivos, repassando depois para a família –, a casa para cuidar, o marido, o filho. Gustavo, seduzido pela nova língua, diverte-se na companhia de Nádia, trocando informações com a rapidez dos cometas. É como se fosse um jogo fascinante, uma viagem espacial.

Nádia frequenta diariamente a escola para deficientes auditivos, é uma correria. Agora já usa os aparelhos o dia todo, tirando-os apenas para dormir. Segundo Neide, está plenamente integrada na turma. Viva, inquieta, desperta para a vida. De vez em quando, faz birra e esconde os aparelhos debaixo da roupa ou dos travesseiros. Depois volta atrás e os recoloca nas orelhas, com a prática e a confiança que adquiriu.

Com os sons que agora escuta, ela se abre para o mundo exterior, como uma flor que desabrocha. Com um ano de escola, para surpresa inclusive dos professores, seu vocabulário já é composto de doze palavras, algo mais que excelente, quase extraordinário. E as repete, como se tivesse um prazer cada vez maior em ouvir a própria voz: *au-au, papai, mamãe, pé, bumbum, tchau, oi, brrr, piu-piu, acabou, mão, dá.*

Todo o seu universo está aí, resumido nessas poucas palavras que ela repete, usa e abusa, numa fúria de ouvir a própria voz, essa coisa mágica que lhe foi enfim revelada, depois de tanto tempo.

Ela é um milagre vivo! Às vezes, Samara ouve, incrédula, a menina ensaiando algumas notas musicais. Um canto peculiar, sem melodia, sons desarmônicos, mas um canto!

Canta para as paredes, para o gato de olhos verdes, para Gustavo, Rodrigo e Samara. Canta para as plantas no jardim ou para os brinquedos no quarto. Canta para a tevê, para a janela, para a avó que às vezes vem visitar a família. Já acorda cantando.

Todo o seu rosto agora ganha vida. Seus aparelhos são as caixinhas mágicas que lhe garantem um lugar no mundo dos "normais". Ela passa a sondar cada nuança do som que advém deles, brinca e reluta em tirá-los até mesmo para dormir. É a primeira coisa que procura ao despertar. E seus olhos brilham, seu rosto fica colorido de emoção. E se deslumbra com o som da própria voz, se encanta, como se cuidasse de um brinquedo precioso, exótico: ela mesma. E não sabe se canta ou se ri, se fala ou se brinca de falar, contagiada e contagiante na alegria da descoberta.

De repente... a bomba! Rosa escreve, dizendo que virá buscar a filha. Um ano já? Um ano! Está morta de saudades, quer a menina de volta. Está bem lá na roça, vivendo com a família, em uma casinha modesta, mas sua. Tem o suficiente para levar uma vida digna e sem grandes privações. Caiu por ali uma chuva abençoada, a lavoura floriu, deu uma boa colheita! Como está a Nádia? Que maravilha se já estiver ouvindo alguma coisa... Está na hora de ela voltar a morar com sua verdadeira família.

Tristeza na casa. Samara se debulha em lágrimas. Como assim, voltar? Quando conseguiu quase um milagre na escola, onde é apontada como um caso extraordinário entre as outras crianças, justo agora que estavam tão confiantes no tratamento? Ir para a roça, assim sem mais nem menos, no momento de começar o curso fundamental, dar o primeiro passo para uma vida normal? Depois, quem sabe, um curso profissionalizante, que lhe garanta um lugar na sociedade? Voltar?

– Nós prometemos a ela, um ano... – diz Rodrigo tristemente, e seus olhos parecem chorar, tamanha é a melancolia que exprimem.

– De jeito nenhum! – interrompe Gustavo, louco da vida. Ele aprendeu a amar aquela irmãzinha antes tão arredia e agora tão esperta e risonha, que canta pela casa e brinca com os sons.

– Gustavo tem razão, eu não vou devolver a Nádia – Samara decide. – Deixá-la ir para a roça agora seria um crime! Ela despertou para a vida, merece continuar o tratamento, ter a chance de ser uma pessoa normal.

– Ela tem mãe, querida – contrapõe Rodrigo, com a voz da razão. – A guarda nos foi dada provisoriamente pelo juiz.

– Mas sem prazo determinado, lembra-se? Podemos justificar que a menina ainda precisa de tratamento, e é verdade.

Ela está apenas no começo. Uma pessoa surda congênita vai adquirindo o vocabulário praticamente pela vida inteira. Se for mantida numa roça, sem professores especializados à sua volta, ela poderá até regredir. Eu não vou entregar a menina!

Tocam a campainha. Nádia vai abrir, toda sapeca. De repente, ali, à sua frente, está Rosa, sorridente, que a abraça.

– Minha filhinha querida, como está bonita! Como cresceu! Você me ouve, Nádia?

– Mãe! – grita a menina, e foge para dentro, refugiando-se na saia de Samara.

Rosa entende o gesto da menina:

– Tudo bem, dona Samara? Vejo que a senhora cuidou muito bem da minha Nádia...

– Entre, Rosa, eu não a esperava tão cedo...

As três na sala. Rosa sorri para Nádia, que ainda está escondida atrás de Samara. Como se temesse um ataque daquela estranha, que lhe é vagamente familiar, mas causa medo. Como se uma força inconsciente lhe segredasse que dela virá o perigo.

– Vim buscar a Nádia.

– Ela ainda não pode ir com você, Rosa, sinto muito. Precisa continuar o tratamento. Está indo muito bem, já fala doze palavras, não pode parar agora. A gente quer que ela seja uma pessoa normal, que possa cuidar de si mesma, não quer?

– Espere aí, dona Samara – Rosa senta-se para entender melhor o que se passa. Depois continua: – A gente combinou um ano, agora já passou. Eu disse que vou levar a Nádia e vou mesmo. A senhora não pode me impedir...

– Deixa eu lhe explicar uma coisa – Samara senta-se também, em frente à outra. – Quando você avisou que vinha, eu falei com meu advogado. Ele confirmou que a guarda provisória não tem um prazo limite, quer dizer, pode ser bem maior do que um ano. O que importa é o bem da criança. O juiz de menores vai entender isso...

– A gente vai ter de brigar pela Nádia na justiça, é isso que a senhora tá querendo dizer? – Rosa nem acredita no que ouve. Será que Samara, uma mulher tão boa, está querendo roubar a sua filha?

– Eu até imagino o que você está pensando, que eu quero ficar com a sua filha – rebate Samara, instintivamente. – Não é isso, eu lhe garanto, Rosa. Você pode ver a Nádia quando quiser, a casa está aberta, você é e será sempre a mãe dela. Mas pense bem: o que adianta levar a menina pra roça agora? Ela vai começar o primeiro ano, ser alfabetizada, aprender a ler e a escrever, e isso numa escola especial. Sem essa escola, com professores treinados, ela dificilmente aprenderá... Em pouco tempo voltará a ser como antes, e isso eu não posso permitir.

– Mas eu tenho tanta saudade... A filha é minha, eu tenho o meu direito – ainda argumenta Rosa, indecisa.

– Eu sei, Rosa, ninguém está negando o seu direito. Pode ficar sossegada, Nádia está bem, nós a amamos como se fosse nossa filha, o Gustavo a adora como se fosse mesmo irmãzinha dele. Como eu disse, ela vai começar o ensino fundamental, tem uma longa jornada pela frente. Por favor, Rosa, não me obrigue a lutar pela guarda da Nádia na justiça. Ela também tem o direito de viver e aprender como qualquer criança. Repito: se você a levar agora, como acha que ela vai estar daqui a alguns meses? Esquecendo tudo que aprendeu, voltará a ser a menina solitária que era antes! Não é isso que você quer, é?

Rosa olha para Nádia, escondida atrás de Samara. Tudo se inverteu: agora, é ela a estranha para a filha. Como será daqui a um ano, dois? Cada vez mais estranhas, cada vez mais distantes uma da outra... E se o juiz entendesse o seu direito de mãe verdadeira e devolvesse Nádia para ela?

Poderia levar a menina lá para o Nordeste, para sua casinha humilde, juntar a família de novo. A escola é distante vários quilômetros, e a criançada, se quiser estudar, vai apinhada até em carroceria de caminhão. Será que nessa escola tem uma professora que entenda a Nádia, que a faça aprender a ler e a escrever?

Nádia já fala doze palavras, disse a dona Samara. Não é muito, mas é um começo. A menina parece feliz, está forte, corada, bem-vestida; até o fato de se esconder atrás da saia de Samara revela o quanto se sente querida e protegida. Será que ela tem o direito, mesmo como mãe, de negar tudo isso à filha? A escola especial, o aprendizado? Isso é amor verdadeiro ou apenas uma forma de egoísmo? Afinal de contas, algo bem maior está em jogo: a vida e a independência de Nádia como ser humano.

Rosa respira fundo, criando coragem. Não é mulher de meias palavras, nunca foi. É direta e objetiva, como Samara. Se tem de decidir, que seja agora. Seu coração está apertado, mas ela finalmente diz, consciente da sua dor e sacrifício:

– Tudo bem, dona Samara, a senhora me convenceu. Fique com a menina o tempo que ela precisar. Eu não vou levar a Nádia.

Vários anos se passaram. Nádia agora é uma mulher. Completado o curso profissionalizante, ela trabalha como digitadora numa grande empresa, onde é considerada uma funcionária exemplar. Ela ainda vive com a sua família adotiva: Samara, Rodrigo e Gustavo. Este tornou-se mais que um amigo, um verdadeiro irmão para ela. Nas férias, ela viaja para o Nordeste, onde revê sua mãe biológica, Rosa, e seus irmãos.

Nádia leva uma vida normal. No futuro, pretende se casar e ter filhos. No momento, seus planos incluem entrar na faculdade – quer ser advogada. Sua prioridade profissional será a defesa e a inclusão social de pessoas deficientes.

Instituições que trabalham com surdos

Divisão de Educação e Reabilitação dos Distúrbios da Comunicação (Derdic – PUC-SP)
www.pucsp.br/derdic

Federação Nacional de Educação e Integração dos Surdos (Feneis)
https://feneis.org.br

Instituto Nacional de Educação de Surdos (INES)
www.ines.gov.br

Este livro foi composto em Avenir e Rotis Serif e
impresso em papel Offset 90g/m².